KB053294

내가 놓친 게 있다면

§

지혜

한 해가 시작되었다. 오전에는 새로운 달력을 펼쳐 걸었다.

'새로운', '시작' 이러한 단어들은 아직까지도 어색하기만 하다. 윤이를 만나러 가는 길에 핫팩과 체크카드를 같은 주머니에 넣어 카드가 그만 한편으로 휘어 버렸다.

봄

시작하는 말

지난밤, 외출을 하고 집에 돌아와 우산을 툭툭 털었다. 3월이다.

§

천천히 흘러가는 구름의 속도로 일상은 이어지고 있는 것이다.

§

언젠가 대화를 할 때 경청하는 표정으로 고개를 끄덕였지만, 다른 생각을 하고 있었다.

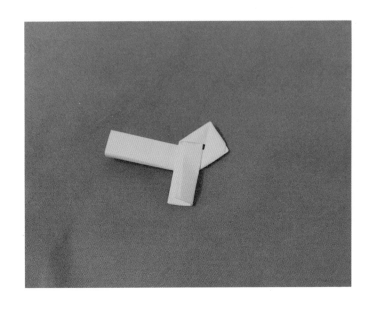

‡

너도 집에 가서 뱃속에 뭔가를 채워 넣으렴.
그럼 마음도 좀 찰지 모르지.

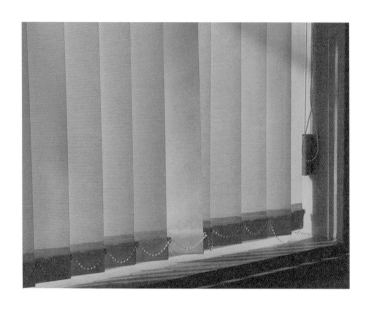

§

오랜 습관처럼 괜찮다고 말하면서도, 태연하게 굴기란 쉽지가 않
았다.

§

사소한 것으로부터 시작되었다가 결국엔 사소한 일로 끝이 났다.

§

나는 지나간 일로부터 등을 돌리고 싶었고, 앞으로 앞으로만 걷고
싶었다.

§

의자에 가만히 앉아 있다가도 때때로 떠올라 울적해지고 말았다.

‡

그러고 싶었는지 그러고 싶지 않았는데 그렇게 된 건지.

§

어떤 일들은 내 의사와는 상관없이 시작되고 지나가고 밀려나고
그 다음의 것으로 채워져 갔다.

§

웃으면서 말한다고 해서 전부 즐거운 일이 아니듯.

§

    밥을 먹다가, 양치를 하다가, 밀린 연락에 답을 하다가, 창가 앞에 서 있다가, 문득.

‡

명쾌한 무언가를 찾아다니지만 사실 그런 일은 영영 발견할 수 없을지도 몰라.

‡

우리이기 전에 각자에게는 저마다 감당해야 하는 무게가 있었다.

§

비워 낸 자리에 저절로 무언가가 채워지는 것은 아니었다.

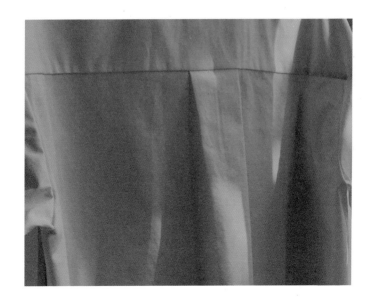

§

'성실'을 '상실'로 읽어 버린 하루.

§

산책 좀 다녀올까? 오늘이 곧 끝날 것 같은데.

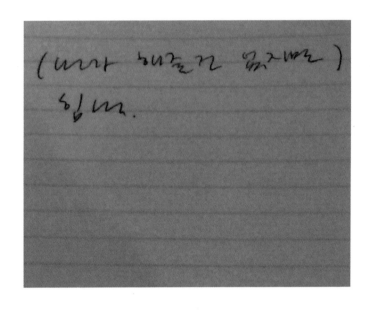

§

언제가 마지막이 될지 모르니 끝에는 늘 따뜻한 말을 남겨 두라고
하셨다.

§

'안녕, 잘 가. 다음에 보자.' 같은 헤어짐이 있는가 하면

'안녕, 잘 가.' 그 두 문장으로 끝이 나 버리는 헤어짐이 있다.

‡

마침 비가 오네요. 사는 게 맘대로 되는 게 아니죠, 오늘도 그렇듯.

「비 오고 잠시 맑음」

어느새 4월이었다. 어떤 나무는 앙상하고 어떤 나무에는 싹이 돋아나는 계절. 지나간 겨울의 추위가 슬며시 녹아내리고 그사이 푸른 풍경을 마주할 때면 나는 봄이 오고 있음을 실감했다. 봄의 냄새를 맡으며 어떤 날은 행복했고 어떤 날은 불안에 떨어야 했다.

그간 모아 놓은 종이 영수증을 정리하며 좋지 않은 일은 한꺼번에 밀려온다는 말을 떠올렸고, 수긍하는 표정으로 작게 고개를 끄덕였다. 사랑이 순탄치 못하고 돈을 벌기 위해 새로이 시작하게 된 일도 그렇고 한동안 생활이 안정적으로 굴러가지 못하고 있었다. 자리를 잡아간다는 것은 무얼까. 그럼에도 행복하거나 불행한 일이 찾아드는 횟수가 열두 달 안에 고르게 퍼져 있다면 좋겠다고 생각했다.

「오후」


앞집 화단에서 고양이가 풀을 뜯어 먹고 있었다. 조그맣고 귀여운 움직임을 오래도록 바라보았다. 한적한 동네를 빠져나와 장소를 옮기고 나서는 사람들이 많았다. 나처럼 혼자 걷는 사람, 둘이 걷는 사람, 여럿이 함께 걷는 이들 틈으로 섞여 들었다. 앞서 가던 사람이 피우는 담배 냄새가 코끝에 스치고 나서 곧 풀 냄새가 올라왔다. 싱싱하고 푸른 이파리들끼리 흔들리고 부딪히면서 시원한 소리가 났다.


공원에 들어서며 이리저리 돌아다니다가 앉을 곳을 찾았다. 산책로에는 커다란 나무줄기가 여러 갈래로 뻗어 있었다. 두리번거리던 중에 구석진 곳에 놓여 있는 벤치 두 개를 발견했다. 그 중 하나에는 꽃무늬 원피스를 입은 두 여자가 적당한 거리를 두고 앉아 작은 목소리로 대화를 나누고 있었다. 그녀들의 손에는 캔 커피가 들려 있었다. 그 옆에 빈 벤치에 앉아서 나는 다시 돌아온 봄을 맞이했다. 봄이 다시 돌아올 동안 무엇을 하고 있었는지에 대해 헤아려 보다가 특별히 한 게 없어도 매일 밥도 잘 먹고, 잘 자고, 어디 아프거나 다치는 곳 없이 지냈다는 걸 다행으로 여길까 싶었다.

앞으로는 부지런히라는 말을 가벼이 쓰지 않기로 했다. 부지런히 걷자, 부지런히 정리하자, 부지런히 돈을 모으자, 부지런히 무언가를 하자, 라는 말을. 그러니까 나는 오늘 부지런히 움직인다기보다 설렁설렁 산책을 하기로 했다. 이것부터 해 보기로 했다. 그 다음엔 혼자서 영화 한 편을 보러 가기로 했다. 그렇게 힘을 좀 풀고, 어떤 기대는 내려 두고서. 맑은 공기도 마시고 평소 보지 못했던 낯설고 편안한 장소를 찾아서. 나는 땀을 좀 식히고 벤치에서 일어나기로 했다.

그 순간 바로 옆 벤치에 앉아 있던 두 여자가 일어났다. 바로 앞에 큰 나무 쪽으로 다가서더니 그곳에 서서 한참 동안 이야기를 나누고 있었다. 나는 작게나마 들려오는 목소리를 들을 수 있었는데, 나무 근처에서 애벌레가 나온다고 했다. 지나가던 사람들은 가던 길을 멈추고 호기심 어린 눈빛으로 그 나무 쪽으로 점점 모여들었다. 재잘거리는 아이들의 소리와 새소리, 큰 울림, 근처에 시냇물이 흐르고 있는 것인지 물이 졸졸 흘러내리는 소리가 들렸다. 아무렴 생기의 소리다. 가볍고 헐렁한 다짐을 하기 좋은 날이다.

「저쪽과 이쪽 사이」

지금 당장에 내가 내 마음대로 할 수 있는 일이라고는 옆에 놓여 있는 차를 마시는 것 정도였다. 그만두자는 말로 그만할 수 있다면. 당장 관두고 싶은 일이나, 끝낼 필요가 있는 관계도 바로 내려놓지를 못했다. 견고하게 쌓아 온 시간이 익숙하여 마음처럼 쉽게 돌아설 수도, 내려놓을 수도 없었다.

어제와 다를 게 없는 바람을 느끼고 변함없는 주변의 풍경을 바라보면서 나는 다음의 일을 머릿속에 그렸다. 그건 내가 부지런해서, 여유가 넘치는 사람이라서 그런 게 아니었다. 단지 앞으로 어떻게 될지 모르는 막연함 때문이었다. 까치발을 들고 창 너머로 확신할 수 없는 미래를 내다볼 때면 문득 모든 일들이 분명하지 못하고 아득해 보였다. 안경이나 렌즈의 도움 없이는 모든 세상이 부옇게 보이는 나의 두 눈처럼. 대학을 막 졸업했을 때, 또 사회인이 되어 퇴사를 결정했던 날, 연인과 헤어짐을 결심했던 하루. 나는 하나의 일을 끝내면서 얼마나 크고 작은 떨림을 견뎌 내야 했는지 모른다.

머지않아 이상한 기분에 휩싸였다. 퇴사를 결정하고 짐을 정리하던 날 생각보다 가져가야 하는 짐이 많지 않아 조금 놀라웠고 내 손에 쥐어진 것이 커다란 봉투 두 개뿐이라는 것에 한 번 더 놀랐다. 대부분 내가 사용하고 있던 물건들은 학교나 회사에서 나에게 잠시 동안 빌려준 것들이고, 그간 나의 몸은 그 위에 나란히 얹혀져 있었다는 걸. 그때 알았다. 한편으로는 두려웠음에도 모든 것이 비워지는 순간이 이토록 명쾌할 수 있다는 것을.

너는 너이고 나는 나인 것을 잠시 잊고 지내던 시절이 지나가고 있었다. 하나가 된 듯 꼭 붙어 걸었던 애인의 동네와 교수님 그리고 친구들이 전부이던 교실도, 나의 일상보다 회사의 일이 더 중요하게 느껴지던 어느 저녁도 이제는 작은 점이 되어 멀어져 가고 있었다. 시작된 일들은 언젠가 이렇게 끝이 나고 또 비워지고 무뎌져 갔다. 그 이후 내 일상을 채우는 것이 소량의 행복 또는 다량의 공허일지라도.

나는 잠시 숨을 고르고 나서 다음의 일에 대해서 생각해 볼 수 있었다. 그러니까 어두워진 방 안의 조명을 다시 켜는 일. 이어서 연필을 잡는 일. 새로운 영화를 재생시키는 일. 책을 펼치는 일에 대해서.

「충돌」

이동하는 비스에서 머릿속을 정리했다. 오랜만에 윤이를 만나기로 한 날이었다. 약속 장소에 일찍 도착했다는 문자를 남기고 커피를 주문했다. 카운터 앞을 어슬렁거리다가 이제 막 내린 뜨거운 커피와 짐을 양손에 나눠 든 채로 2층으로 올라갔다. 구석지고 커다란 창이 나 있는 곳에 자리를 잡았다. 아직 찬바람이 여과 없이 불어대지만 따뜻한 햇빛이 머리와 어깨, 발등 위로 쏟아져 내렸다.

완연한 봄이라고 하기엔 이른 오후. 카페 안에서 만남을 가지는 사람들은 모두들 봄맞이에 들떠 있는 눈치였다. 윤이를 기다리면서 창밖을 내다보는데 자주 들려오는 경적 소리와 유턴 신호를 기다리는 자동차 또 그 틈으로 신호를 건너는 많은 사람들이 보였다. 혼잡한 도로 바닥에는 유난히 하얀색 스프레이 자국들이 많았다. 위치도 다르고 표시해 둔 생김새도 모두 다른 사고의 흔적들이었다.

뜨거운 라면을 실수로 엎어 버린 일부터 믿었던 사람에게 당한 배신의 순간까지 나의 삶에도 아차 하는 순간에 사고가 났다. 사고는 '여기서 더 나빠질 건 없겠지.' 라고 방심하는 순간 이때다 하며 끼어들었다. '꽝!' 하는 날카로운 충돌 소리가 들리고 나서야 그 생각이 안일한 내 착각이자 불찰이라는 것을 깨닫게 되었다. 당장 벗어나고 싶을 정도로 최악인 상황에서도 더 최악은 있음을 번뜩 알아차리곤 했다.

누군가는 그 모든 상황을 긍정하면서 또 최대한 부드럽게 비껴 나가기도 하겠지만 나는 다시 제자리로, 그 충돌이 생긴 사고 지점으로 되돌아가야만 직성이 풀리는 사람이었다. 아스팔트 위에 그어진 희멀건 흔적을 눈으로 확인하고 낙심하고 울고 그치길 반복하며 깨달아야만 하는 사람이었다.

「귀가」

버스를 타려는 사람이 너무 많아서 한편에 줄을 서서 기다리고 있었다. 기다린다고 해서 내 차례가 오기는 하는지. 매일같이 사람들 틈에 끼어 출근을 하며 가게 앞마다 아침 청소를 하고 있는 부지런한 사람들을 보았다. 회사에 다니기 시작하면서부터 분주하고 규칙적인 생활을 하고 있지만 그것은 자의적인 움직임이라기보다 일정에 꼼짝없이 끌려가는 몸처럼 보일 때가 있었다. 하루에도 몇 번씩이나 별 것도 아닌 일에 열을 내고 때로는 너무 많은 말을 꺼내어 후회하거나 중요한 순간에 적당한 말을 고르지 못해 후회했다.

분명 무슨 말을 하고 싶었던 것 같은데 계속해서 같은 길을 오르락내리락하다 보면 정작 하고 싶은 말이 무엇인지도 모르고, 어디에 도착하고 싶은지도 모르는 시간을 보내게 되었다. 하늘이 어떻게 밝아지고 어두워지는지도 모르겠고 누군가와 약속을 잡는 건 어쩐지 무리해 욕심을 부리는 것만 같았다.

'이 다음에 차 한잔이나…'

저녁이 되면 책상 위에 할 일을 켜켜이 쌓아 두고 답장을 꾹 눌러 보냈다. 핸드폰 액정 위에는 제때 받지 못한 부재중 전화 한 통과 문자 메시지 정도가 남겨져 있을 뿐이지, 때를 놓친 약속들은 언제까지나 미뤄지기 마련이었다. 이따금씩 만남의 순간이 찾아오기도 했지만 차 한 잔 하자는 말을 마지막으로 영영 찾아오지 않기도 했다. 당장 앞에 있는 일부터 다급히 해결하다 보면 옆에 대해서는 무심해지도록 내버려 두는 셈이 되는지도 모른다.

언젠가 만나겠지 언젠가 할 수 있겠지 그런 식으로 하루하루를 통과하다 보니 나중엔 그게 정말로 언제가 될지 알 수 없게 되었다. 어쩌면 여유라는 건 누가 건네주는 것도 아니고, 스스로가 만들어 내야 하는지도 모르겠다. 분주한 와중에도 책을 읽을 시간, 영화를 볼 시간, 누군가를 만나 웃고 떠드는 시간, 맛있는 식사를 할 시간, 온전히 나만을 위한 시간은 그렇게 내가 만드는 수밖에 없다. 이제는 제법 푸르러진 봄이고 나는 다가오는 주말 외출을 하기로 작은 결심을 했다. 집으로 돌아올 때에는 동네 빵집에 들러 구움 과자와 우유를 사서 하루치 여유가 담긴 봉지를 들고 귀가할 것이다.

## 「흐름」

약속 장소로 향하던 중이었다. 바로 앞에 자리가 나서 멍하니 앉아 있었다. 무심결에 스웨터 소매를 봤는데 보풀이 꽤 많이 일어나 있었고 손목에 걸쳐 있는 시계줄은 실밥이 여러 갈래로 튀어 나와 있었다. 좋아하는 물건을 자주 사용했던 것뿐인데, 손을 탈수록 점점 낡아갔다.

다음 역에서 지하철 문이 열리고 자신의 몸집만 한 기타를 짊어진 사람이 탔다. 그 사람의 뒷모습을 바라보다가 내 방 어딘가에 있을 기타를 떠올렸다. 좋아하는 곡을 직접 연주해 보고 싶어서 마련했던 것인데 행동으로 옮기기가 생각처럼 쉽지 않았다. 지금으로서는 연습용 기타와 다짐만 몇 년째 방 안에 방치하고 있는 셈이다.

그러고 보니 거의 3년째 필름 카메라의 작동을 버벅이거나, 버튼이 떨어져 나간 디지털 카메라를 고치는 일을 미뤘으며 읽으려고 사둔 책은 책장 위에 고스란히 남겨 두었다. 지난밤에 그런 말을 늘어놓았더니 게으를 수 있을 때 게으른 건 나쁜 게 아니라는 인애의 말에 나는 쉽게 고개를 젓지도 끄덕이지도 못했다.

몇 정거장을 더 지나쳤을 무렵에 만나자던 사람은 문자로 약속을 돌연 취소했다. 대낮의 빛이 한강의 표면을 촘촘히 수놓고 있는 오후였다. 그 위로 시간이 유유히 흐르고 있었다. 당장 할 일이 사라진 나는 그냥 이대로 돌아갈까 몇 분을 망설이다가 지하철을 내렸다. 길 가운데 버젓이 서 있다가, 방향을 바꿔 어디론가 걸어 보았다. 전부 뾰족한 수 없이 둥글게 무뎌지고 있는 것만 같다.

「내가 놓친 게 있다면」

아주 미약하게 봄비가 내렸는데 우산을 쓸 정도는 아니었다. 길거리에 지나다니는 사람들도 빠르게 걸을 뿐 우산을 꺼내 쓰지는 않았다. 노트북에 하루하루 모아 두었던 일기들은 전부 날아가 버렸다. 실수로 삭제 버튼을 누른 건지 사라진 영문도 모르고 있다가 글을 쓰려고 앉은 지난밤에서야 데이터가 사라졌다는 사실을 알아차렸다.

해는 길어졌고 연락이 이어지던 사람들은 요즘 들어 문자 한 통이 없었다. 이렇게 비어 있는 새벽 한때. 데이터고 물건이고 사람이고 이유도 모르는 채로 사라지는 것들은 하루아침에 헤아릴 수 없었다. 시간이 한참 지나 나중에서야 알아차리게 되는 것뿐이지. 후회와 미련은 생활에 있어 필수품처럼 늘 손 닿을 거리에 놓여 있었다.

「잠 못 드는 밤」

새로운 생활의 적응이라는 건 자꾸 뭔가 두고 온 기분이 들어 불안하고, 이방인 신세가 되어 버린 것 같아 외로워지는 일이었다. 인기척 하나 없는 늦은 밤이 되어서야 집으로 돌아왔고 평소처럼 외투 주머니에 들어 있는 모든 물건들을 책상 위에 올려 놓았다. 거기선 향수 케이스나 립스틱, 작은 머리빗, 체크카드 같은 익숙한 소지품들이 줄줄이 나왔다. 가지런히 올려져 있는 물건들을 넌지시 바라보다가 '생각도 한눈에 들어오게끔 책상 위에 올려 둘 수 있다면 어땠을까.' 하고 잠시 시시한 상상에 잠겼다. 그렇게 된다면 보다 정돈된 저녁 시간을 보낼 수 있을 것만 같았다.

요즘엔 잠을 청하려고 두 눈을 감고 있으면 머릿속에 너무나도 많은 화면들이 지나가고 종일 주워 담은 말들이 귓속에서 웅성거려 편히 잠들기가 힘들었다. 지난밤에는 갑자기 울린 진동 소리에 핸드폰을 얼굴 앞으로 가까이 가져갔다가 한참을 바라봤다. 누군가 물어오는 안부는 오랜만이었다. 안부를 묻는 그의 메시지에 답장을 남겼다. 다시 잠이 오지 않아서 간이 조명을 켠 채로 침대에 앉았다가 괜히 냉장고 문을 열어 물을 마시고 거울을 한번 봤다. 갑자기 길어진 머리칼을 발견하곤 끝부분을 만지작거렸다. 이번 주말에는 미용실에 가야겠다는 생각을 하면서.

어딘가에 자꾸 싫증이 난다.

「어느 날의 대화」

지혜야, 살아 있는 모든 생물들은 비참해. 내 고양이를 봐. 나는 매일같이 버터에 갓 구운 노릇노릇한 식빵으로 아침을 시작하는데, 고양이는 바닥에 쭈그려 앉아 참치만 먹잖아. 그리고 책상 위로 올라와서 얼마나 그것이 불공평하고 비참하느냐는 눈동자로 나를 바라보던지.

그럴 때면 버터를 살짝 손끝에 묻혀서 내밀어 보곤 했어. 맛을 보고 자신이 먹지 못하는 음식인 걸 알고는 잔뜩 삐쳐서 엉덩이를 내밀고 그 자리에 앉아 있지. 지혜야, 살아 있는 모든 생물들은 비참해. 아무래도 그런 거 같아. 한동안 너를 비참하게 만들었던 일에 대해서는 유감이지만 모두들 비참함을 느끼는 거야. 그러면서 살아가게 되는 거야.

때로는 시간만 잘 흐른다고 느낄 수 있겠지. 그래, 맞아. 그런데 시간만 잘 흐르면 무슨 소용일까. 우리는 순식간에 생겨나는 일로 생각보다 많이 아플지도 몰라. 아프겠지만 겁낼 필요는 없을 거야. 모

든 것이 더디게 제자리를 찾아 가게 될 거야. 결국엔 제자리를 찾게

될 거야. 너는 단지 그곳에서 밝게 웃어 보이고, 다시 출발하면 돼.

## 「모든 게 끝난 다음 날 아침」

뭘 약속해 보아도 지켜진 횟수보다 어긴 횟수가 더 많아지고 있었다. 둥근 나무 테이블 위에 작은 식물들이 여러 개 놓여 있었다. 어둑해진 하늘과 익숙한 창밖의 풍경을 훑고 나니 "커피 마실래?"라고 그가 물었다. 나는 고개를 저었고 그는 커피가 담긴 잔을 자신의 앞에 두고 물이 담긴 잔을 내 앞으로 밀어냈다. 짧은 침묵 후에 그가 먼저 입을 열었다. 당시에는 참 진지하고도 기나긴 대화라고 느꼈는데 지금은 어느 하나 제대로 기억에 남는 말이 없다. 하지만 그 대화가 마무리될 즈음에 "우리 헤어지는 게 좋겠어."라고 말하던 입 모양과 테이블 위에서 식어 버린 커피, 곤히 잠에 든 그의 고양이 정도가 어렴풋이 남겨졌다.

그를 담고 있던 내 두 눈에는 곧 밖으로 나가는 현관문의 손잡이와 계단이 담겼다. 갈라서는 순간이었다. 정말 갈 거냐고 묻는 목소리는 담담했다. 아래로 내려가는 계단을 바라보면서 잠시 머뭇거리다 발을 떼었다. 같은 일로 상처 받고 싶지 않은 게 사람 마음인지라, 나는 그의 눈을 보면서 대답한다는 자체를 망설이고 있었는지도 모르겠다. 계단 옆에 난간을 짚으며 천천히 내려갔다. 단단하고 차가운 쇠의 촉감이었다.

곧 그의 집을 빠져나와 큰 대로변에 서 있었다. 그때 잡아탄 택시에서는 왜 기다렸다는 듯 우울한 피아노 연주곡이 나왔었는지, 이럴 때는 내 삶이 미리 짜인 대본에 따라 한 방향으로 흘러가는 것만 같았다. 설명할 수 없는 묘한 타이밍과 이상한 음의 연속 그 안에서 일상이 굴러가고 있음을 느끼는 것이다. 택시의 움직임에 따라 양 옆으로 동요하던 몸은 피로했다. 그간 길게 끌어왔던 문장에는 스스로 마침표를 찍어야만 했다. 대부분 그런 일들은 붙잡고 늘어질수록 해결되는 일이 아니라, 어딘가에 잘못 눌어붙은 껌딱지마냥 그대로 늘어질 뿐이었다.

생각만큼 일상을 보내는 데에 문제가 없을 거라고 예상했지만 한편으로는 모든 게 끝난 다음 날 아침이 찾아오는 것이 두려웠다. 매일 아침 주고 받았던 연락이라든지 깊숙이 배어 있는 습관들은 어떻게 하며, 내 방 한 귀퉁이에 쌓여 있는 그의 물건들은 어떻게 해야 하는 것인지. 눈을 최대한 동그랗고 또렷이 뜨며, 호흡을 가다듬었다.

아마 그날 나는 택시를 타고 가는 동안 괜찮지 않으면서 괜찮은 척을 하려고 했던 것 같다.

헤어진 후에도 시간은 멈춤 없이 그리고 아침은 몇 번이고 찾아왔다. 이럴 거라면 시작도 하지 않았을 텐데. 긴 연애가 끝나고 나면 머지않아 밀려드는 후회였다. 후회가 계속해서 조금씩 밀려오고 있었다. 의자에 기대 아, 짧은 한숨을 쉬고 덩그러니 혼자가 되었다는 현실을 체감하는 나날이 지나가고 있었다. 분명 한두 번 겪는 일도 아닌데 상대에게 줘 버린 마음은 언제 어떤 방식으로 다시 회수할 수 있는 것이고, 과연 그것을 회수해 갈 수 있긴 한 건지 여전히 알 수 없었다.

시작과 끝의 경계는 모호해서 끝이 났다 해도 끝난 게 아닌 느낌이 들 때가 있었다. 버릴 수 있는 것들은 진작에 버렸음에도 등 뒤로 무언가가 더 남아 있는 것만 같았다. 완벽한 정리는 있을 수 있겠지만, 완벽한 헤어짐이란 걸 내가 과연 할 수 있는 것일까. 다만 우리는 끊어진 밧줄에 또 누군가를 가져다 엮고 엮으며 다음 그리고 또 다음 만남을 이어가고 있는 것이 아닌가 싶었다.

날마다 아팠다. 정확히는 마음이 아팠던 것일 텐데, 몸까지 아팠다. 몸살 기운처럼 천천히 열이 오르기에 핸드폰을 꺼둔 채로 며칠간 침대에 쓰러져 지냈던 기억이 난다. 표면적으로는 아무 일도 일어나지 않은 것처럼 보였지만 조금만 자세히 들여다 보면 처참하게 무너진 나의 일상이 있었다.

언젠가는 한결 가벼운 발걸음을 내딛고 싶었다. 조금씩 창밖의 풍경이 바뀌고 챙겨 입는 옷이 바뀌어 갈 때 즈음이면 겨우 웃어 보일 수 있다는 것을 알고 있다. 시간이 지남에 따라 거리감이 생겨나고 그렇게 간격을 두고 보아야지만 제대로 보이는 일들이 있으니까.

어느 날엔가 집 앞을 산책하다가 전 연인의 집에서 미처 가져 나오지 못한 머리빗이 떠올랐다. 그 순간에 나도 모르게 다시 짧은 한숨이 나왔다. 조금씩 나아진다는 걸 잘 알고 있으면서도 그 사실이 별다른 위로가 되지 못하는 날도 역시 있었다.

여름

시작하는 말

　마음의 준비를 아무리 한다고 해도, 어느 날 갑자기 찾아온 일 앞에서는 일단 흠뻑 휩쓸리고 나서야 정신을 차리고 말았다.

‡

빗물이 들어가 고장 난 적은 없는지.

§

    수영도 잘 못하고 수영장도 좋아하지 않는 내가 이따금씩 손과 발로, 몸으로 물살을 가르고 싶을 때가 있었다.

§

나는 흥미를 가지고, 또 흥미를 가지려다 말고.

‡

보고 싶다 해서 전부 만날 수 있는 것은 아닐 거예요..

§

괜찮은 생활이라고 여겨 왔던 생각에 또다시 금이 갔다.

§

불안은 낮은 높이로 오랜 시간을 출렁이고 있었다.

§

몰래 꺼내 보고 소리 없이 집어넣게 되는 생각들이 있다.

§

항상 돈독한 것만은 또 아니다. 어떤 날은 두텁다가 얇다가도 하
는 것이다.

§

아무리 설명을 해 보아도 이해 받을 수 없는 일이 있었다.

§

우리 예고된 헤어짐에 너무 슬퍼하지 말기. 어느 날인가 유림이가
그랬다.

‡

잠시 두 눈을 감아도 괜찮을 것 같아요.

‡

잔뜩 주고 있던 힘을 빼야 하는 순간도 있는 건데 그게 쉽지는 않았으니까.

§

    금이 간 핸드폰 액정 위에다 글을 쓰고 있다. 금이 간 마음 위에도
무언가를 쓸 수 있는지.

# 「소식」

아침부터 갈증이 나니까 비가 왔으면 좋겠다고 생각했습니다.
후덥지근한 계절에는 무슨 일들이 꼬박 기다리고 있을까요.
책상 위에는 종이 한 장과 연필 한 자루가 덩그러니.
그 종이 위에는 썼다 지운 자국만 남아 있습니다.
말끔히 지우려다 오히려 더 선명해지고 말았어요.


어젯밤에는 벌레 한 마리가 천장에서
푸드덕거리다가 저에게로 떨어지는 꿈을 꾸었는데
기겁을 하면서 일어났어요.


저기, 어떻게 지내요?
저는 요즘에 점심으로는 카레나 파스타를 자주 해 먹고
일주일에 한 번씩 손톱을 다듬고
식물에게 물을 주고 있어요.


문득 거실 벽에 달력을 넘기다

할머니와 다 같이 지낸 지 꽤 되었다는 걸 알게 되었어요.

다음 달이면 곧 여름이에요.

날이 더워지면서 저는 조금씩 먹먹해지고 있어요.


저기, 마지막 인사말로

'그럼 안녕히' 같은 말은

입에 담기 너무 쓰고 진하니까

'굿바이' 라고 말하면

그 의미가 조금은 희석될까요?


저는 잘 모르겠는데요….


그럼 또 소식을 나눌 일이 생기길 바라요.

그때까지 부디 차분한 하늘 눈에 담고

행복한 여름날 되시길.

「미풍」

미풍으로 돌아가는 선풍기 앞에 앉았다. 유월이다. 해야 할 일, 하고 싶은 일, 하기 싫은 일이 뒤섞여 내 발 앞에 쌓이고 이마와 콧잔등 위로 땀이 맺히더라도 발걸음은 옮겨야 했다.

「저는 요즘 그런 생각을 해요」

저는 요즘 그런 생각을 해요. 작은 식물을 기를 때에도 필요한 책임감에 대해서. 사랑한다고 말하면서, 사랑이 배어 있지 못한 행동에 대해서. 매일 조금씩 밀려오는 죄책감에 대해서 생각해요. 지금은 천천히 흘러가는 피아노 연주를 듣고 있어요. 온몸에는 한껏 힘이 빠져 있고 머리는 물을 만난 미역처럼 흐물대며 베개 위로 뻗어 있어요.

이렇게 무기력해지는 오후에는 아침 청소를 할 때 듣는 경쾌한 오타상 할아버지의 연주곡을 틀어 놓는 편이 나았을까요. 다른 사람이 써 놓은 글을 읽거나 차창 밖으로 들려오는 이웃의 다정한 대화에 집중해 보는 것도 좋을 것 같아요.

근사하고 푸른 녹음이 우거지기 전, 그러니까 새싹이 막 돋아나기 시작할 때 저는 제 어린 시절을 생각해요. 지금 생각해 보면 받기만 하고, 하나부터 열까지 혼자 할 수 있는 게 아무것도 없는 것만 같아, 내 쓸모에 대해 고민하던 시절에 대해서요.

사랑을 하면 그에 따른 표현도 노력도 필요한 거겠지요. 엄마를 사랑한다 말하고, 할머니를 사랑한다 말하는데 그러려면 몸도 같이 움직여야 하는데 왜 저는 지금 이렇게 누워 있는 게 편하기만 한 걸까요. 할머니는 오늘처럼 볕 좋은 날 산책하는 걸 좋아하시고 엄마는 저와 커피 한 잔 기울이면서 나누는 대화를 좋아해요. 결국 저는 이대로 누워 있거나 아니면 할머니 손을 잡고 산책을 나가거나, 둘 중 하나를 선택해야만 하겠지요. 어느 편이 되었든 의무를 가지고 움직이기보다 사랑하는 쪽을 선택하고 싶어요.

「동이 트는 시간」

　새벽부터 매미와 새들이 우는 소리가 들려왔다. 여름이 되면 모든 생물들은 조금 더 일찍이 깨어 움직이는 듯했다. 창밖은 아직 어두 웠지만 아침이 오는 소리였다. 몇 시간 뒤면 몸을 일으켜 하루를 시 작해야 할 시간이다.

　내가 우는 것을 멈추자 방 안은 숨을 죽인 듯 잠잠해졌다. 반듯이 걸린 셔츠와 책상 위의 연필들은 아무것도 못 봤다는 듯이 내게 태 연한 표정을 지어 보였다. 간이 조명의 작은 빛은 식물들의 뒤편에 그림자를 만들었고 그 조그마한 빛이 어둠 속에서 환하게 빛나고 있 었다. 때로 일상은 나에게 괜찮지 않은 날에도 괜찮아 보이는 척을 요구하기 때문에, 깊은 곳에 덮어 둔 감정들은 어둔 밤에 유난히 밝 고 선명히 작동되는 것인지도 모른다.

　몸을 일으켜 미적지근한 물로 세수를 하고 다시 침대로 돌아와 이 불을 덮었다. 이 길고 괴로운 새벽을 보내고 내일을 온전하게 맞이 하려면 한 시간이라도 빨리 잠에 들어야만 할 것이다. 베개의 가장 자리가 축축했다. 그런 한때를 보내고 나면 어떤 일들은 그럭저럭 괜찮아지고, 어떤 일들은 오랜 상처로 남아 나중엔 흉이 질 것이다. 무수히 많은 날 중에 오늘은 아무도 모르게 상처를 받고 혼자인 날이었다. 단지 간혹 찾아오는 그런 날이다. 창밖에 붉고 푸른 동이 틀 때까지, 동이 트고 하늘이 밝아지기 전까지만.

## 「단 혼자서」

낮잠을 자고 일어났는데 방 안에는 어둠이 내려앉아 있었다. 잠에 들기 시작하면 아무 생각도 나지 않았고 나는 그것을 해소라고 했지만, 잠시 피해 있는 것에 불과하다고 생각했다. 나는 그럴 때마다 눈앞에 보이는 모든 것에 대해 적어 보고 싶었다. 모든 것을 처음부터 다시 생각해 보고 싶었다. 일단은 숨을 쉬는 것부터 다시 시작하고 싶었다. 위로 올라왔다가 다시 아래로 꺼지는 호흡. 고민이라는 것도 처음엔 하나둘 헤아릴 수 있다가도 그 이후부터는 헤아릴 수 없어졌다. 때로 그 수는 걷잡을 수 없이 불어났다. 심호흡을 시작으로 한 번 두 번 세다가도 결국엔 셀 수 없어지는 들숨과 날숨처럼. 방 안에는 그새 더 짙은 어둠이 내려앉아 사물들의 형체만 보였다.

어제 입다가 벗어 놓은 옷과 양말. 네모나고 각진 모니터와 본체. 그 옆에 나란히 식물이 자라나는 화분 두 개. 쥐색의 커다란 스탠드. 책상 위에 엉켜 있는 이어폰과 읽다 만 소설책. 흥미롭고 동시에 지루하게도 같은 물건이 같은 자리에 놓여 있었다. 우리는 매일 똑같은 풍경을 견디고 있는 것일까. 같은 자리를 지키고 있는 것들을 보면서 힘을 얻기도 했지만, 때로 그것은 정지된 화면이었다.

　무더운 밤에는 집 앞에 있는 공원으로 산책을 다녔다. 그리고 멀찍이 앉아 자전거를 타고 지나다니는 사람들을 구경했다. 자전거를 타는 모습도, 속도도 모두가 다른 사람들. 그들은 각자 씩씩하게 페달을 밟고 있었고 마주 오는 자전거끼리 거리가 좁혀졌다가 서로의 옆을 재빠르게 교차해서 지나쳐 갔다.

　우리가 되는 일보다 어려운 것은 혼자가 되는 일이었다. 특히나 곁에 있던 무언가가 사라지고 나면 혼자가 되는 일은 평소보다 좀 더 어렵고 고통스러운 일이 되기도 했다. 나에게는 고모부의 빈자리가 그랬고, 철저하게 남이 되어 버린 애인과 정겨운 옛집과 일터, 아끼던 나의 물건들이 그러했다. 자전거의 페달을 힘껏 밟아 속도를 내듯 그 순간을 지나친다면 좋겠지만 익숙한 길을 따라 천천히 제자리로 돌아오는 것, 다시 혼자가 된다는 건 그런 걸지도 모르겠다.

　그런데 어째서인지 한참을 걸어 나와도 똑같은 풍경이었다. 변함없는 아침과 저녁, 제자리를 지키고 있는 물건들. 다시 나의 방 안이었다. 제자리로 돌아온다는 것은, 혼자가 되는 과정은 너무나도 막연하여 견디기 어려운 것이었지만 그럼에도 어떤 것은 지켜내야만 했고 바뀐 생각은 수정되거나 몇 가지의 항목은 추가되어야만 했다.

나는 잠시 눈을 붙이고 일어나 가장 먼저 청소를 했다. 창을 열고 먼지를 쓸어냈다. 몸을 엎드려 구석구석 쓸다가 바닥에 떨어져 있는 작은 쪽지 하나를 발견했다. 언제부터 구석에 있었는지 그 작은 종이 위에는 손쉽게 잊고 간과해 온 나의 생활이 낱낱이 적혀 있었다. 비록 비장한 마음가짐이나 다짐은 아닐지라도 무탈히 혼자가 되기 위해서 나는 매일 숨 쉬고, 밥을 먹고, 걸으며, 청소를 했다.

*

나에게 가장 알맞은 것을 찾아가는 일.

어느 한곳에만 마음을 크게 두지 않는 일.

부지런히 걷고 책을 펼치는 일.

따뜻한 요리를 만들어 먹는 일.

생활의 균형을 익히는 일.

「여름에 마시는 유자차」

여름은 더우니까, 여름에는 따뜻한 게 더는 필요 없다고 또는 차가운 게 무조건 좋다고 여겼는지 몰라. 오늘 아침에 유자차를 마시면서 몸과 마음이 슥 풀어지는 순간에는 여름에도 따뜻한 것이, 따뜻함을 주는 것이 내게 간절히 필요하다는 생각을 했다.

「바람」

여름의 바람은 뒤에서 불어왔다. 어느 날은 귀갓길이 너무나도 한
적해 보이고 바람도 적당해서 한강으로 뛰쳐 가 버리고 싶었지만,
다음 날 해야 할 일을 생각하면 그럴 수는 없었고 차선책으로 윤이
에게 전화를 걸었다. 윤이의 목소리를 들으며 걸으면 벌써 집 앞이
고 전화를 조금 더 하고 싶은 날에는 핸드폰을 오른뺨에 가져다 대
고 집 앞 마당에서 같은 자리를 빙글빙글 돌았다.

나무는 나무대로 바람결에 흔들렸고 전부 초록으로 물든 풍경을
보니 뒤늦게 정말 여름이 와 버렸구나 싶었다. 이렇게 온통 화창하
고 따뜻한 날에는 왠지 금세 어두워지고 차가워지는 겨울이 기다려
졌다. 나는 손만 간신히 녹일 수 있는 캔 커피의 온기를 더 좋아하는
사람이다.

## 「엄마와 여름」

눈을 비비며 거실로 걸어 나갔을 때 엄마는 커다란 수박을 깍둑썰기로 잘라서 냉장고에 넣고 있었다. 슥슥 수박을 베어 내는 소리가 왠지 모르게 경쾌하게 들리던 아침. 오후에 날이 더워지면 꺼내어 먹으라는 말을 남기며 엄마는 외출을 했다. 해가 중천에 뜨고 나서야 나는 느지막이 일어나 냉장고 안에서 수박을 꺼내어 먹었다. 입을 우물우물 움직이면 수박의 시원한 과즙이 가득 퍼져 나갔다.

우리는 다시 되찾을 수 있을까. 어떤 대화. 어떤 행복. 어떤 평온한 일상을 말이다. 그것은 누가 언제 주는 걸까. 어떻게 하면 만들 수 있는 걸까. 그냥 무작정 시간이 지나면 해결되는 것일까. 나는 수박씨를 뱉으며 생각했다. 지난날 찬 계곡물에 수박을 넣거나 발과 몸을 차례로 담그던 일, 물기가 덜 마른 상태로 폭포 옆 큰 바위에 누워 개운히 잠을 청했던 순간들을.

요즘엔 해도 길어져서 어둠도 느리게 찾아왔다. 저녁 식사를 하고 내 방에 앉아 있다 보면 닫힌 문 밖으로 티브이 소리와 엄마가 깔깔 웃는 소리가 들려왔다. 그녀가 웃는 소리를 들으면 나도 모르게 작은 숨을 내쉬며 안도하게 된다. 하지만 실컷 웃고 난 엄마의 얼굴 뒤로는 슬픈 표정이 그늘처럼 드리워지는 걸 알기에, 나는 밤새 잠들지 못하고 얇은 이불만 바스락거리며 뒤척였다.

「어느 날의 통화」


저는 낭비하고 있습니다.

덩달아 미적지근하게 식어가고 있어요.

말리는 사람도 없고, 그렇다고 부추기는 이도 없습니다.

그냥 다 제 탓이라는 뜻이에요.


너무 표현해도, 너무 표현하지 않아도

다 문제가 되는 사랑이 저는 어려워요.

'적당히'라는 말이 이럴 때는 어려워요.

방금 그것의 정확한 뜻이 궁금해서 검색을 해 봤는데

'정도에 알맞게'라는 의미래요.

덕분에 더 정확하게 혼란스러워졌어요.


그쪽은 어때요.

지금 낭비하고 있는 게 있는지….

달아오르는 중인지,

아니면 식어가고 있는지.

「지나가는 풍경」

    개찰구 앞에는 쉽게 포옹을 풀지 못하는 연인들과 흘러가는 안내
판이 있었고, 별 생각 없이 앉은 자리에서 만난 옆 사람은 내 어깨에
의지해 잠이 들었다. 잠에 빠지거나, 사랑에 빠지거나. 또다시 어딘
가에 빠져서. 모두 날이 갈수록 한없이 연약해지고 있다.

「누적되는 일」

생활의 변화라고 한다면 홀로 보내는 시간이 길어졌고, 습관적으로 라디오를 듣고 나쁜 꿈을 자주 꾸게 되었다는 것이다. 비어 있는 집이라는 게 참 허해서 옆에 있을 때 잘해야 된다는 진부한 깨달음만 늘어갔다. 유월 하고도 며칠이 더 지나서야 탁상용 달력을 넘기며 유월이 와 버렸구나, 라고 말했는데 이 역시 혼잣말에 불과했다.

종종 고모부의 병실에 꽃송이 몇 개를 사 가서 유리병에 꽂아 두었다. '코아니'라는 하얗고 작은 꽃이었는데 그 꽃말이 '천진난만함, 순진'이라더라. 그런 몇 마디를 하고 돌아 나왔다. 창가에는 두고 나온 꽃과 유월의 볕이, 로비에는 좀처럼 건강하지 못한 몸과 마음으로 웅성이는 사람들이 거닐고 있었다.

그렇게 외출을 하고 집으로 돌아오면 어김없이 깊은 적막에 빠졌다. 매일 시간에 맞춰 밥을 먹을 필요도 없어졌다. 식탁 위에 수저와 젓가락은 하나씩만 올려 두었다. 초인종도 노크도 필요 없는 생활을 이어가는 동안 일상은 모서리에서부터 점점 안쪽으로 시들어 가는 것처럼 보였다. 아무도 없는 집에서 인기척이 들릴 때면 귀를 기울이고 있다가 어디에서 들려오는 소리인지 알아차렸을 때 작은 숨을 몰아 내쉬었다. 대부분 잘 올려 뒀던 물건이 스스로 떨어지는 소리거나, 벽이나 가구가 삐걱대는 소리였지만 어디로부터 오는지 알 수 없는 것들은 나를 한동안 움츠러들게 만들었다.

출처를 알 수 없는 일들은 어느 순간 밀려와 제자리에 놓여 있던 모든 것들을 휩쓸어 가기도 했는데 그 속에서 허우적대는 내 모습에 익숙해져 갔다. 물살에 둥둥 떠내려가고 있는 상황에서도 제자리를 찾아갈 내 모습을 떠올릴 만큼 그런 일들과 함께 지낸 지 오래되었다.

이 무더운 계절의 해는 갈수록 길게 늘어졌고 간헐적으로 내리는 비가 더위를 식혔다. 병원에서는 이틀에 한 번씩 고모로부터 안부를 묻는 전화가 걸려 왔다. 이따금씩 고모부를 바꿔 목소리를 들려주었다. 시간이 생기는 대로 병문안을 오라는 이야기에는 말끝을 흐렸다. 각자의 자리에서 생활을 지탱하고 있다 보면 어쩔 수 없는 일이라 여겨 왔는데, 돌아보니 전부 허술한 변명이었다. 그저 갈수록 힘을 잃어가는 사람의 눈동자를 바라볼 자신이 없었던 것이다.

언젠가 다시 꽃을 사 들고 찾아간 병실은 구석지고 외로운 곳이었다. 누군가 옆에 있어도 절로 아프고 외로워지는 그런 곳. 말없이 꽃을 감싸고 있던 포장지를 풀어 빈 유리병에 절반 정도 되는 물을 채웠다. 꽃이 놓인 자리의 주변은 한결 따뜻하고 밝은 기운이 맴돌았다. 몇 차례 화사하게 핀 꽃잎과 푸르고 건강해 보이는 잎사귀가 잘 보이게끔 매만졌다. 해가 지고 나니 병동의 큰 유리창 너머로 촘촘한 불빛들이 일렁였고, 잠들 때만큼은 평화로운 얼굴을 하고 있는 사람들이 있었다.

나는 사랑하는 사람들이 다시 돌아올 때까지 한동안 집을 지키고 있는 기분으로 살아갔다. 그때마다 어느 쪽이 남겨지는 사람이고 떠나가는 사람인지 알 수 없었다. 단지 고맙다. 미안하다. 매일같이 말하기에도 시간이 모자라다는 사실이 온종일 눈시울을 붉히게 만들었다.

고모부. 그 세 글자로 느껴지는 것이, 떠오르는 것이 너무나 많았다. 행복하고 불행한 날들, 사랑과 미움이 뒤섞인 날들이 떠오르고 나의 유년 시절과 성인이 된 지금의 모습까지도 매 순간에 그가 있었다. 우리는 아주 다른 삶을 살았고 완전히 다른 사람이기에 서로 상처를 남겼지만 그럼에도 몹시 그리운 세 글자였다. 내게는 그가 단순히 고모부라는 말로 표현하기에는 부족하다고 느껴졌기 때문이다. 그는 나의 인생에서 가장 든든한 버팀목이었고, 보호자였으며, 나의 아빠였다.

그 후로 얼마나 시간이 지났을까. 주변에서는 곧 가을이라는데 그때는 그것이 마치 다른 세상의 이야기처럼 들렸다. 고모부가 돌아가시고 나서는 집 안의 모든 시간이 느리게 흘렀다.

하루, 이틀, 사흘 …. 슬픔은 모든 날들을 한 번씩 훑고 지나갔다. 우연히 펼쳐 본 가족 앨범 속에는 젊고 어린 날들과 푸른 하늘이 멈춰 서 있었다. 사진 한편에서 말없이 미소를 짓고 있는 그와 눈을 마주칠 때면 눈이 아프고 뜨거워졌다. 왜 그렇게 즐거워 보이는지, 무엇이 서로를 웃게 만들었는지 슬픔은 몸집을 부풀려 더 깊숙하고 집요하게 파고들었다.

나는 고모와 함께 고모부의 유품을 하나씩 정리하면서 너무도 많은 눈물을 닦아내야만 했다. 우리는 그 시간 동안 말이 없었다. 거실에 걸린 둥근 시계와 그 안에서 정직하게 움직이는 초침을 바라보며, 일정하게 흘러가는 것이라곤 시간뿐이 없어 보인다는 생각을 했다.

한동안 서랍이나 선반을 뒤적일 때면 낡고 오래된 것들이 자주 눈에 들어왔는데 그건 아직 치우지 못한 고모부의 물건들이었다.

누구에게나 저마다 끌어안고 사는 슬프고도 절망적인 이야기들이 있다. 나는 양 옆으로 눈알을 굴리다가 겨우 한 문장을 써 내려갔다. '슬픔은 누적되고야 만다.'라고. 뉴스에서 비가 그친 후에는 드디어 이 긴 여름이 끝난다고 했다. 요즘에 읽고 있는 책이 침대 옆으로 굴러떨어진 것 같은데, 소리만 났을 뿐 좀처럼 모습을 보이지 않아서 찾는 것을 포기했다. 일찍이 창문을 열어 두었더니 블라인드 틈으로 붉은빛이 새어 들었다. 벽과 천장 주변으로 수채화 물감을 발라 놓은 듯 아스라이 퍼지다가 의자와 책상, 그 위에 올려놓은 물건들까지 물들였다.

한차례 비가 쏟아지고 나서 옥상에서 바라본 하늘은 그리 밝지도 어둡지도 않은 빛깔을 하고 있었다. 빗물이 채 마르지 않은 것도 모르고 난간에 몸을 기대다가, 물기가 순식간에 옷으로 스며들었다. 축

축하게 얼룩이 생겨 버린 부분을 매만지면서 서늘한 바람을 맞고 서 있으면 금방 마르겠지, 하고 생각했다. 그렇게 대충 괜찮아질 거라고 말하면서도 온종일 표정 짓는 법을 잊은 채로 하루가 저문 적도 많았다. 그러는 사이 푸르고 싱그러운 계절이 전부 지나가 버렸다.

가을

시작하는 말

무엇에 걸려 넘어졌는지조차 몰랐다.

‡

너는 잘 모르겠지, 내가 우리 사이에 부는 찬바람에 대하여 요즘
자주 생각한다는 것을.

§

지나가는 건지, 지나치는 건지. 놓는 건지, 놓치는 건지.

§

가지런히 생각을 꺼내 두었다가 쓸어 담는다.

§

그 모든 정성과 공들임이 소용없음으로 돌아가 버리는 날이 있다.

§

흐름에 맡기더라도 흘러가지 않는 게 있다는 것을 알았다.

§

나는 뭘 더 조심해야 했을까. 또 얼마나 조심해야 했을까.

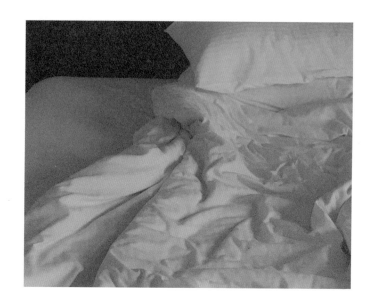

‡

누굴 만나고 싶은지, 무슨 대화를 나누고 싶은지 잘 모르는 채로.

§

해야 할 일이 한가득 쌓여 있는 날에도 나는 뭘 해야 할지 몰라서
거실과 방 안을 배회했다.

§

그렇게 잘 알면서도 모르는 척을 했다.

‡

너와 내가 그저 평범한 시기를 견뎌 내고 있는 것인지도 모르지.

‡

그럼 우리 이대로 끝나는 건가요.

§

할 수만 있다면 눈과, 마음과, 머리에 그것을 오래도록 저장하고
싶었다.

§

그때 내가 바랐던 것은, 그리 거창한 것이 아니었을 텐데 말이다.

§

그 사이에 손 편지 같은 게 필요하다는 생각을 했었다. 약간의 정성 같은 거 있잖아. 약간의 표현 같은 거. '나는 너를 충분히 생각하고 있어.' 같은 거.

「환절기」

각자의 무게를 안고 집으로 돌아가는 저녁. 여름이면 무성해지던 풀과 나무와 그늘과는 이제 천천히 안녕을 말해야 한다. 무더운 계절 내내 신었던 신발 모양이 발등 위에 그대로 그을린 걸 보면, 지나 온 더운 계절이 얼마나 길고 수고스러웠는지 알 수가 있었다. 얇은 옷가지를 정리하며 서랍장에서 작년 이맘때쯤 개어 둔 스웨터들을 꺼냈다. 그러고 보면 올해도 몇 달 남지 않았고, 스웨터고 코트고 있는 대로 껴입고선 둔해질 일만 남았다는 생각을 했다. 그해 여름이 얼마나 더웠는지 나무 아래 그늘은 얼마나 안락했는지 막상 찬바람이 불기 시작하면 그마저도 잘 떠오르지 않을 것이다. 가을이라는 게 원래 그런 계절이니까.

「기나긴 머나먼」

그저 빵 한가운데 버터를 바른다. 복잡한 이야기들은 보류해 두
는 편이 좋겠다. 매일이 그렇듯이, 태연하게 아침 인사를 하고 식탁
에 앉아 밥을 먹고 티브이를 보고 책을 읽고 외출을 하고 잠을 자고
그렇게 시간이 흘러가도록 두는 것이다. 때로는 생각보다 많은 말이
필요치 않은 날이 있다.

## 「표정」

집중이 잘 되지 않는 날에는 책상에 앉아 수첩을 정리했다. 그리고 마음에 들어 스크랩해 두었던 글들을 수첩에 옮겨 적었다. 사각거리는 연필 소리를 들으면서 한 글자씩 또렷하게 적어 내려가면 약간의 차분함과 알 수 없는 집중력이 생겨났다. 잡다한 고민들은 이렇게나마 조금씩 덜어내면 되는 것일까. 그런 시간들이 쌓이고 나면 무엇이든 잊을 수 있게 될까. 그런 고민을 하고 있는 사이에 점점 웃음기가 사라지고 있는 내 얼굴을 보며 사람들이 넌지시 물어 왔다.

"너 요즘 무슨 일 생겼니?" 하고.

「혼자 하는 말」

무엇이든 작은 바람이라도 불면 남김없이 날아가 버릴 것 같다는
생각에 곁에 아무것도 쌓아 두지 않았지. 요즘 마음가짐이란 게 그
래. 둥근 나무 벤치에 기대어 앉아 맞은편에서 신문을 읽고 있는 할
아버지, 신호등을 기다리는 사람들을 차례대로 바라보았어. 끝없이
어딘가를 향해 걸어가고 움직이는 두 다리와 손짓을.

여전히 고모부의 핸드폰으로는 그를 찾는 문자와 전화벨이 울려.
눈길 한 번 주지 않을 정도로 익숙한 것들에 대해서는 어떤 계기가
생겨야지만 이렇게 뒤늦은 관심을 가지게 되는 것일까. 뭘 하지 않
아도 엎질러지듯 찾아오는 일 앞에서는 모두가 남겨지는 입장이 되
어 버려. 그렇게 더 이상 오지 않을 것을 알면서도 기다리게 되는 나
날들이 내 옆을 지나고 있어.

우리는 이 건조하고 서늘한 바람을 지나 어디로 도착하게 될까.
여름을 정리하며 고모는 얇은 옷을 개고 있어. 나는 높은 서랍장에
서 도톰한 이불 몇 채를 꺼내 놓다가 문득 생각했어. 후회로운 지난
날들은 쪽지처럼 최대한 작게 접어 물건들 사이에다가 꽂아 두는 게

좋겠다고.

그럼 각자의 자리에서 잘 지내자 우리.

아픔은 시간이 지나갈수록 옅어지게 될 거라고 믿자.

「우리 모두가 알고 있는」

점점 건조해지는 날씨에 손등이 푸석해져 갔다. 이제는 가을이 오려나 보다. 바닥을 굴러다니는 잎사귀들은 바스락거리는 소리를 내면서 부서졌다. 발밑으로 바짝 붙어 따라오는 그림자와 길가를 밝히고 있는 건 가로등뿐이었다. 이따금씩 빈 차 표지판을 붉게 반짝이며 택시 한 대가 적막한 도로를 쌩하니 내달렸다. 편의점 앞에는 심심한 저녁 시간을 보내고 있는 사람들끼리 간격을 두고 앉아 있었다. 누군가와 통화를 하는 사람, 담배를 피우는 사람, 맥주 한 모금을 들이켜고 안주를 집어 먹는 사람, 모두 제각각이었다.

여름을 지나 느슨해진 열기와 선선한 바람도 잠시, 가을비가 내리고 난 후에 길거리는 점점 더 썰렁해질지도 모른다. 나는 계속 걸으며 누군가에게 비 소식은 반갑고, 누군가에게는 반갑지 않은 일이 될 수도 있겠다고 생각했다. 가늘게 흩뿌리는 빗줄기에도 때로는 흠뻑 젖어 버리는 수가 있다는 사실을 여기 있는 모두가 알고 있는 눈치였기 때문이다.

「지우고 싶은 글」

막차를 간신히 잡아서 올라탔구나. 한숨을 돌리며 앉아 있었는데 알고 보니 반대 방향으로 가는 막차였다. 카모마일 티백을 너무 오랜 시간 담가 두었던 건지 입에서 쓴맛이 났다. 창밖에 비가 오는데 그날 내겐 우산도, 사람도 없었다. 열대 식물인 알로카시아도 물을 너무 많이 주면 죽는다는 사실을 뒤늦게 알게 되었다. 다 지웠다고 생각한 사람의 사진은 어느 저녁에 예고 없이 발견된다. 믿음직스러운 눈빛을 보내기에 그게 참인 줄 알았다가도 아닌 일이 많았고, 믿었다는 이유만으로도 상황이 심각해진 적이 있었다. 살면서 단 한 번만 경험해도 족할 일은 언제고 되풀이되었다.

어느 날 상실감에 대해 작정하고 글을 써 내려간 적이 있었다. 많은 일들이 있었지만 결국 그 글을 다 쓰지는 못했다. 나는 또 어떤 후회를 뒤집어쓰며 어디쯤에서 서성이고 있는 것일까. 줄곧 그런 것을 궁금해했다.

「악보로 치면 도돌이표」

횡단보도 맞은편의 남자는 담배를 피우고 있었다. 천천히 태워서 쉽게 떨쳐 버릴 수 있겠지. 그가 손에 들고 있는 담배를 보며 생각했다. 자정이 넘은 지하철 역사 안에는 작동을 멈춘 에스컬레이터, 셔터가 내려간 상점들이 있었다. 기다란 의자에 앉아 막차를 기다리면서 차분한 바닥의 색깔과 지나가는 사람들의 신발, 회색 벽 그런 것들을 번갈아 바라보았다. 하루 중 이렇게 늦은 시간이 되고서야 잠깐의 안정을 찾을 수 있었지만 그렇다고 해서 완전하게 마음을 놓을 수는 없었다. 불안이 찾아오는 레퍼토리는 식상할 정도로 뻔한데 그걸 잘 알면서도 나는 계속 불안 속으로 빠졌다.

「카레」


무슨 일이 생겨서 우울해지는 건 차라리 자연스러운 일이다. 하지만 그날 나는 카레집에서 혼자 점심을 먹다가 아무 이유도 없이 기분이 내려앉았다. 겨를도 없이 울적해진 탓에 밥이 제대로 넘어갈 리 없었다. 일이 바빠 한참 늦은 점심을 먹게 되었고, 여느 때와 같이 돈가스 카레를 시켜 두고 밀린 연락들에 답을 했다. 그러다가 반찬 몇 가지와 주문한 메뉴가 나오고서 한 숟갈 두 숟갈 떠먹다가 생긴 일이었다.


평소처럼 있어야 할 곳에 있고 해야 할 일들을 하고 있다가도 과연 이렇게 하는 게 최선인지. 그래서 나 지금 잘 지내는 건지. 시야가 흐리멍덩해지는 순간들이 몇 있었다. 밥을 먹다가, 밀린 연락에 답을 하다가, 복사기 앞에 서 있다가, 양치를 하다가. 마땅한 해결책도 없는 질문들은 먹구름처럼 불시에 밀려왔다. 나는 그것을 마주할 때마다 매번 고개를 뒤로 젖혀 천장을 올려다볼 뿐이었다.


힘써 하루를 보내다가도 이렇게 대낮에 초연해지는 표정을 지어 보이기도 했다. 항상 맛있게 먹던 카레가 막연한 맛으로 느껴질 수도 있는 거구나. 한편에 수저를 내려놓고 물을 떠다 마셨다. 그날의 카레맛은 입안을 물로 헹궈도 쉽게 가시지 않았다. 가게 안은 조용했고 오픈되어 있는 주방 안에서는 종업원이 야채를 손으로 다듬고 있었다.

'나는 무엇을 계속 해야만 했을까.'

일인용 작은 테이블 위에 카레가 절반이나 남겨졌다.

「작은 불행」

문득 생각나는 것이 그리 나쁘지 않고

연락을 하고 싶다가도 굳이 그러지 않아도 괜찮은 마음.

은근한 감정이 가장 무서운 것이다.

「부유」

바다를 봤다. 함께 온 윤이는 주머니 속으로 손을 푹 찔러 넣고 앞장서 걸었다. 걸음이 빠른 그녀는 내 발걸음에 맞추는 법이 없지만 이미 그것을 잘 알기에 서운해할 일은 아니었다. 이미 잘 아는 사이란 이런 것일까. 윤이의 뒤에서 고개를 작게 끄덕였다. 모래밭 위를 느린 걸음으로 걸으며 싱거운 이야기들이 오고 가는 사이 파도가 치는 곳까지 다다랐다. 인적 드문 해수욕장 언저리에는 안전용 부표들이 일렁였고 멀리서 보일 듯 말 듯 떠다니는 그 물체가 여름의 마지막 모습이었다.

우리는 말수가 점점 줄어들었고 마냥 그 길을 따라 걷다가 해가 질 무렵 눈앞에 보이는 카페 안으로 들어갔다. 윤이는 찻잔을 옆에 두고 가지고 온 책을 읽기 시작했다. 잠에 들어 그 이후 그녀가 무엇을 했는지는 알 수 없었지만, 아마 따뜻한 차를 홀짝이거나 창밖으로 보이는 바다를 조용히 바라봤을 것이다. 우리가 머물고 있는 곳이 노을 지는 가을 바다라고 해서 무언가 특별히 낭만적일 거라 생각할 수도 있겠지만 그게 그렇게 아름다운 모습은 아니었다.

「어느 날의 통화」

기쁘고 아파하는 모든 순간이 자신의 몫으로 남게 될 거야.
그러니 누군가를 믿는다는 것은 그렇게 단순한 일이 못된다.

「어딘가에 빠져 있을 때」

그 자리에 있던 모든 것들이 멀어졌다. 우리가 앉아 있던 자리, 네가 들었던 커피 잔, 그날의 노래와 날씨. 내일이 밀려와 그 위에 차곡차곡 쌓이기 시작하면서부터 모든 것들이 멀어져 갔다. 또 한차례 테이블 위에 올려져 있던 티슈가 바람을 타고 바닥에 내려앉았다. 첼로의 낮은 음처럼 차분했다. 다른 누군가를 만나게 되더라도 언제나, 미적지근하게 식어가는 것은 커피보다 마음이다.

「여행1」

지윤을 보러 윤이와 함께 대구로 내려갔다. 이번 달을 마지막으로 지윤은 독일에 가고 우리는 언제 다시 한국에서 만날 수 있을지 모른다. 비가 오다 말다 하는 날씨에 서울역에서 윤이와 만나 식사를 했다. 그녀는 아침에 처리해야 하는 일을 다 끝내지 못해서 데스크톱용 노트북을 챙겨 들고 나왔다고 했다. 노트북 가방에 짐을 욱여넣어 나온 걸 보고 깔깔 웃었더니 윤이는 어깨를 위로 한 번 올렸다 내렸다. 아무리 짧은 일정일지라도 여행에서 기억에 오래 남게 되는 것은 이렇게 사소한 장면이 아닐까 싶었다. 언젠가 캔 맥주를 까먹으며 '너 그때 일도 다 못 끝내고 나와서 노트북 가방에 옷이며, 세면 도구며 다 챙겨 나왔잖아 깔깔깔.' 하고 서로를 웃게 만드는 것이다.

식사를 끝내고 붐비는 사람들 틈을 가로질러 기차에 올라탔다. 이어폰을 나눠 꼽고 창밖을 바라 보다가 잠에 들었다가를 반복했다. 차창 밖으로 도시의 풍경이 점차 사라지더니 가을볕에 노랗게 익은 논밭이 끝없이 일렁이고 있었다. 서울보다 덥다던 대구의 하늘은 흐렸고 비가 한두 방울씩 떨어졌으며 조금 쌀쌀하기까지 했다.

지윤은 역까지 우리를 마중 나와 있었는데 반갑게 인사하던 중 나는 체크카드를 잃어버렸다는 사실을 깨달았다. 카드가 들어 있던 오른편 주머니가 휑했다. 옷에 달려 있는 주머니라면 모두 손을 넣어서 뒤져 보고 가방 지퍼도 열어 보았지만 보이지 않았다. 당황한 나를 살피던 지윤은 일단 역 안에 있는 의자에 앉아 찾아보자고 했다. 이리저리 애타게 찾아보았지만 결국에는 카드를 중지시키는 것으로 일단락되었다.

역을 벗어나면서 못다 한 인사를 나누고 짐을 내려 놓기 위해 숙소로 가는 버스 정류장까지 걸었다. 꽤 오랜 시간 버스를 타고 들어가다 횡단보도 하나가 있는 널따란 도로에 내리게 되었다. 지윤이 안내한 숙소는 오래된 호텔이었지만 그것은 낡은 느낌이라기보다 오랜 시간이 쌓여 가구나 사물 하나하나에 무게감이 실려 있는 듯했다. 점잖은 표정의 안내원, 로비 소파에 앉아 있는 사람, 큰 유리창 앞에서 서성이는 사람. 하늘이 푸르게 물드는 고즈넉한 저녁 무렵이었다.

방에 짐을 대충 풀어 놓은 채로 침대 또는 푹신한 의자에 잠시 널

브러져 시시한 이야기를 나눴다. 곧 저녁 식사를 하러 가야 했다. 윤이는 기차 안에서도 호텔에서도 들고 온 노트북을 손에서 놓지 않았다. 저녁 식사를 하러 나가면서 내가 마지막으로 나와 객실 문을 잠그고 지윤이와 윤이의 뒤를 따라나섰다. 복도는 어둑했고 천장의 작은 장신구들 틈으로 노랗고 은은한 빛이 새어 나오고 있었다. 문득 시선이 바닥을 향했을 때 복도에 깔린 카펫이 근사하다는 생각을 했다. 그날 지윤이 입고 있던 초록색 원피스와 묘하게 잘 어울렸다.

아침이 밝고 대구에서 머무는 마지막 날이었다. 마지막 날인 만큼 지윤은 자신의 집으로 우리를 초대했다. 그녀는 아주 능숙하게 함박스테이크 옆에 놓일 감자를 구웠다. 맛있는 냄새와 지윤의 방 안에서 흐르는 재즈 음악이 잘 어우러졌다. 그녀와 함께 있으면 마음도 뱃속도 든든히 채워지는 기분이 들었다. 우리는 같은 테이블에 함박스테이크가 담긴 접시 세 개를 두고 마주 앉았다. 맛이 괜찮아? 맛있어. 다행이다. 그러한 대화들이 몇 번이고 오갔다.

느지막이 점심 식사를 하고 기차역으로 향하는 길에 생각보다 차가 많이 밀려서 중간에 택시에서 내려 뛰어야 하는 상황이 되었다.

근처까지 와서 있는 힘껏 뛰는 도중에 하필 내가 신고 있던 샌들의 끈이 뚝 하고 끊어지고 말았다. 불행 중 다행인 것인지 지하상가를 지나갈 때 생긴 일이었고 근처에 신발 가게가 많아서 바로 슬리퍼를 사서 신고 뛰었다. 3분 남짓 남기고서 윤이와 내가 타야 하는 기차 플랫폼에 간신히 도착했다.

우리는 그 앞에서 포옹을 하고 손을 흔들며 인사를 나눴지만 바로 등을 돌리지는 못했다. 오늘은 곧 내일이 될 것이고 우리의 추억도 곧 아득해질 것을 예감했다. 오래된 앨범 위에 쌓인 먼지를 손으로 한 번 쓸어내리는 듯한 아득함 말이다.

우여곡절 끝에 슬리퍼를 신고 서울역에 도착했다. 윤이와 헤어짐을 뒤로 하고서 갑자기 생겨난 적막을 견디며 집으로 돌아왔다. 창밖의 풍경을 내다보며 짧은 여정이 끝나고 내 방 안에 도착했음을 실감했다. 나는 늦은 저녁이 되어서야 간신히 몸을 움직여 물건들을 원래 위치에 올려 두거나 옷가지들을 세탁기로 던져 넣었다. 슬리퍼 끄는 소리, 세탁기가 돌아가는 소리, 집이 내는 익숙한 소리를 들으며 이내 잠이 들었다.

거리의 나무들은 점점 야윈 민낯을 드러내고 있었다. 그렇게 각자의 생활을 이어가는 동안 가을은 지나갔고 지윤은 예정대로 한국을 떠났다. 그녀가 출국 비행기에 오르기 직전 잠깐 동안 통화를 했다. 서로 정신이 없어서 통화에 크게 집중하지는 못했지만 며칠 전 잘 도착했다는 연락을 받았다. 마침 대구에서 그녀와 함께 뛰다 끈이 끊어졌던 샌들을 수리점에 맡긴 후, 한강 언저리를 어슬렁거리고 있을 때였다. 나는 금방이라도 상수역 인근에서 지윤이를 만날 수 있을 것만 같아 괜히 현지 시간을 물어보았다. 그녀가 없는 서울은, 종종 지루할 것이다.

「그리운 식탁에 관한 글」

푸르고 서늘한 바람이 불었다. 11월 하고도 며칠이 더 지났다. 아침에 갑자기 파스타가 먹고 싶었고 일을 하는 내내 파스타 생각을 했다. 퇴근 후에 집으로 돌아와 샤워를 하고 나왔는데도 파스타 생각이 떠나지를 않아서 곧장 이불 속으로 가지 않고 부엌 불을 켰다. 약간은 피곤한 몸으로 물을 올려 두고, 면을 삶으며 버섯과 베이컨을 구웠다. 고요한 저녁 시간에 지글지글거리는 소리는 아현 씨의 뒷모습을 연상케 했다. 가끔씩 이렇게 가만히 그리고 조용히 그녀의 뒷모습을 그리워했다. 재료를 다듬으며 요리를 하고 있던 뒷모습을.

몇 년 전 나는 '북향'이라는 이름의 카페에 자주 갔었다. 전시를 하기 위해 들렀던 곳이었는데 이후에도 종종 그곳에서 시간을 보냈다. 한적한 골목에 위치한 그 카페는 모든 자리가 칸막이나 얇은 천으로 분리되어 있어 홀로 시간을 보내기에 적당했다. 좀처럼 한 가닥으로 흐르지 않는 생각들도 그 안에서는 한결 정돈되는 기분이 들었다. 그렇게 편안한 장소를 발견하는 일이 흔치 않다 보니 언제부턴가 나는 이곳을 자주 떠올리게 되었다.

아현 씨는 항상 거기에 있었다. 귀밑으로 오는 단발머리와 푸른 계열의 옷이 잘 어울리는 사람이었다. 카운터 앞에는 유리로 된 물병과 잔 몇 개가 놓여 있었는데 여름이면 시원한 물과 겨울이면 따뜻한 보리차로 채워져 있었다. 늘 넉넉히 채워진 물병의 손잡이를 들어 올릴 때면 그녀의 사려 깊음이 동시에 전해지곤 했다. 또 그녀는 종종 음식이 담긴 접시를 들고 내게 다가왔다. 레몬 케이크, 감자 키쉬, 나초가 들어간 토마토 스프 등 오랜 시간에 걸쳐 다양한 요리를 내어 왔다. 온기 그득한 대화와 음식을 곁들여 먹는 것이 당시의 가장 큰 위안이자 기쁨이었고, 사소하지만 어쩌면 그게 전부일지도 모르는 이야기를 나눴다.

돌이켜 보면 회사를 다니기 전까지만 해도 다를 것이 없는 생활을 했다. 해가 바뀌고 출근을 하면서부터 그곳에 머무는 시간이 자연스럽게 줄었고 그녀와 커피나 음식을 사이에 두고 이야기를 나누는 시간도 몇 달간은 없었다. 매일 밤 당장 내일 해야만 하는 일을 생각하거나 피로한 몸을 눕히기에 바빴다. 식사다운 식사를 하고 잠다운 잠을 자고 싶었다. 느리고 평온하게 흘러가는 일상이 먼 옛날이야기처럼 느껴지는 날이면 그곳을 생각했다. 지극히 익숙한 날들도 지나고 보면 낯설고 애타는 무언가로 변해 버리기도 했다.

북향이 문을 닫고 나서 많은 날이 지나갔다. 그럼에도 오늘같이 아현 씨의 뒷모습이나 익숙하고도 편안했던 책상의 촉감이나 의자에 앉았을 때의 느낌들을 이따금 기억해 내곤 했다. 동시에 슬픈 변화든 기쁜 변화든 받아들여야만 하는 입장에 놓였다. 한곳에 영영 있을 것만 같던 것들은 모두 미세하게 움직이고 있었고 나는 그에 대해 손쉽게 놓치거나 인지하지 못하고 있었다. 안타깝게도 흐름이라는 것이 대부분 그렇다. 깨달았을 때는 이미 사라지거나 남아 있는 게 별로 없는 메마른 땅덩어리 같다. 파스타를 다 먹어 치웠는데도 배가 차지 않아서 어제 먹은 케이크 반 조각을 꺼내고 뜨거운 물에 차를 우렸다. 찻잔 위로 새하얀 김이 흘러나왔다가 이내 옅어지고 있었다.

겨울

## 시작하는 말

겨울이 왔습니다. 특별히 안 좋은 소식은 없어요.

§

모든 것이 순조로웠고, 좋아하는 겨울이었고, 별다른 의심 없이
부지런히 걸었다.

§

다음에 또 오자는 너의 말에 우리에게 다음이 있었으면 좋겠다고 생각했다.

‡

나도 그래. 내색하지 않을 뿐.

§

적은 양이라도 좋으니, 작은 확신 같은 것을 바라고 있었던 것 같다.

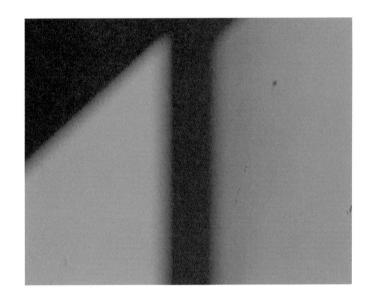

§

혹시나 하는 마음에 오랜 시간을 그대로 있었다.

§

금세 무뎌질 것을 잘 알고 있지만, 그건 가만히 두었을 때의 이야 기다.

‡

아무래도 상관없는 것들은 이왕이면 하지 않는 게 좋다고 배우게
되었지.

§

어떤 말들은 손이 되어서 등을 쓸어내리기도 한다.

‡

　둘이서 보내는 시간이 있다면 혼자인 시간이 있고, 끝까지 고갈되어 버리는 시간이 있다면 넘치게 채워지는 시간도 분명 있을 것이다. 이따금씩 나는 단순한 삶의 이치를 간과했는지도 모른다.

‡

고민은 또 다른 고민으로 이어지고, 생각은 좀처럼 한 가닥으로 흐르는 법이 없었지.

§

그렇게 완만한 하강 곡선을 그리며 멀어져 가는 것이다.

‡

시간이 지남에 따라 유연해지고, 부드러운 바람이 불기를.

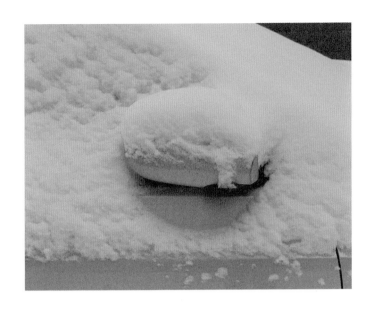

‡

태연한 표정 뒤로 무엇이 더 있었을까.

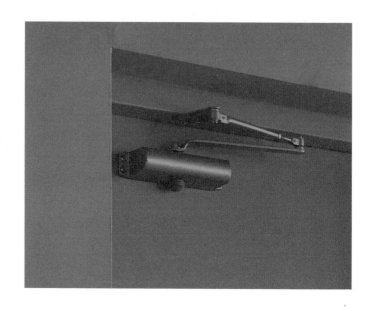

‡

우리는 해마다 무언가를 잃기도 하고 얻기도 하는데.

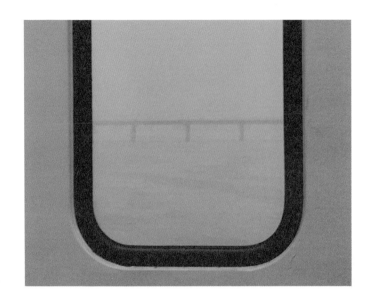

§

인정하면 속이 좀 편할 줄 알았는데 딱히 그런 것도 아니었다.

§

    동요 없는 표정으로 넘길 수 있는 일이 있는가 하면, 그렇지 못한
일이 있었다.

‡

어쩔 수 없겠지. 어쩔 수 없는 일들은.

「생각과 마음」

그런 일에는 별다른 해결책이 없어 그저 창문을 자주 열어 주고, 자주 환기를 시켜 주는 수밖에 없었다. 환기를 시키는 김에 바닥도 쓸고, 이불도 새로 깔고, 휴지통을 비우고, 철 지난 옷들을 집어 넣었다. 정리하고 싶은 것은 생각과 마음이었을 텐데 때때로 나는 말없이 방 안을 정리했다.

「눈꺼풀을 껌벅이다가」

겨울에 가까울수록 집 앞에 있는 식물들이 얼거나 점점 말라 죽어 갔다. 언제 푸르렀냐는 듯이 보잘것없이 말라비틀어진 잎사귀들을 보았다. 누군가 밖에 내놓은 채로 키우다가 안으로 옮겨 두지 않은 것이다.

외투를 벗자 스웨터와 머리카락 사이에서 따가운 소리와 함께 정전기가 일어났다. 평소보다 따뜻한 물을 틀어 샤워를 한 뒤 침대에 누워도 전혀 풀어지지 않는 기분들이 있었다. 왜 서로를 이해할수록 정적은 늘어가는 것일까. 우리는 차분하게 이야기를 했던 것뿐이지, 딱히 틀어질 이유는 하나도 없었다. 바람에 유리창이 흔들리는 소리가 크게 들려올 만큼의 긴 정적이었다.

「순환」

감정이나 분위기는 늘 대책 없이 흘러간다. 의자에 걸터앉아 어제 했던 말을 후회하고 있다. 이미 튀어나온 말이라는 게, 주워 담고 쓸어 담고 싶다고 해서 그럴 수 있는 것도 아니고. 계속 발 밑에서 걸리적거려도 이제 와서 뭘 어떻게 할 수 있는 것은 없다. 이런 건 대부분 뒤늦게 깨달아 뒤늦게 창피하고, 자꾸 떠오르고, 그래서 새벽엔 이런 식으로 잠을 이루지 못했다.

그러다 보면 다음 날 아침엔 역시나 늦잠을 자 버리고 오전 일정은 보란 듯이 뭉개지고 모든 계획은 뒤로 줄줄이 밀려나 버린다. 온종일 밀린 일들을 해치우고 나서도 그 여파는 끝나지가 않는다. 늦은 귀가가 버젓이 기다리고 있지만, 막차라고 하는 것은 늘 눈앞을 스치듯 떠나 버린다. 밤이 깊은 시간 집으로 돌아와 보면 새로운 후회가 마음 한편에 갱신되기를 반복한다. 그러면 나는 또 의자에 걸터앉아 있다가, 다시 새벽이 아침으로 순환하는 것을 뜬눈으로 지켜보게 되는 것이다.

「같은 자리에 앉아서」

어느 아침에는 도톰한 털양말을 꺼내 신으며 조금씩 나아지고 있는 중이라 믿고 싶었다. 시리얼에 흰 우유를 부으면서 하루는 시작되었고 두꺼운 머플러를 두르며 외출하는 모습은 여느 겨울과도 같았다. 사람들 틈에 섞여 기다린 버스는 아주 늦거나 너무 이르게 도착했고 신호는 제때 맞아떨어지거나 기다려 주는 법이 없었다.

어느 시점부터는 걷는 것도 일이고 밥을 챙겨 먹는 것도 일이 되어가는 삶을 살게 되었다. 조용하게 내리는 눈송이들과 동시에 뭘 해 보아도 잘 되지 않는 날에는 그저 책상 위에서 스탠드를 켜 두고 연필을 까딱거리거나 자세를 여러 번 뒤척일 뿐이었다. 불쑥 찾아오는 이런 시간에 이제는 유연해질 법도 한데 그러기 위해서는 더 길고 많은 날들을 보내야 하는 건지도 모르겠다.

## 「오래된 주말」

챙겨 입어야 하는 옷가지 수가 늘어 가고 감기 조심하라는 이야기를 말끝마다 붙이고 있다. 얇은 후드 하나 덜렁 걸치고 산책하는 일은 내년 봄으로 잠시 미뤄 두어야 했고, 아쉬운 대로 작년 봄과 여름에 찍은 사진들만 괜히 뒤적였다. 사진 속의 그토록 파릇한 풍경이 무색할 만큼 몇 차례 눈도 내렸다.

토요일에는 윤이가 집으로 놀러왔다. 그녀와 낮에 분갈이해 온 식물들을 선반에 나란히 올려 두고 메모장에 안심살 그리고 연어라고 적었다. 간식을 좋아하는 윤이는 장을 보고 집으로 돌아오자마자 한 손에는 초코우유를, 입 안에는 감자칩을 넣고 오무작거렸다. 다양하고 깊숙한 고민들로 덮인 생활은 마냥 유쾌하진 못했지만 그렇다고 무미건조하지도 않았고, 우리는 적당히 데워진 주말 저녁에다가 몸을 눕혔다.

「창밖에 바다」

이렇게 잠시나마 소소한 행복을 누리고 있다. 아주 잠깐 느끼는 행복으로 불안한 여러 날을 또 버티게 될 것이다.

「한강」

인애와 상민을 만났다. 계획에 없던 조금 이른 저녁 식사를 하고 상수역 앞을 배회하다가 상민이 한강을 가고 싶다고 하기에 나들목 쪽으로 다 같이 걸었다. 해가 저물자 매서운 추위가 얼굴이며 손이며 몸속으로 비집고 들어왔다. 그러다 문득 지난여름에 다 같이 떡볶이와 음료를 사 들고 한강에서 시간을 보내던 이야기가 튀어나왔다. 그때를 더듬어 보자면, 내가 잔뜩 흔들린 탄산음료의 뚜껑을 무심코 열어서 잔디밭 여기저기에 다 흩뿌렸고 그걸 보고 모두 깔깔 웃고 그랬다.

그런데 그 여름날보다는 조금 어색한 공기가 흐르고 있었다. 오늘 만남은 원래가 그냥 그런 만남인 걸까. 왜, 만나도 오늘 하루 즐겁고 알차게 보냈다며 집으로 돌아가는 때가 있고 오늘 도대체 뭘 하다가 온 거지 그런 생각으로 집에 돌아갈 때가 있었으니까. 워낙 말이 없는 상민은 더 말이 없었고 인애는 평소와 비슷한 듯하면서도 무언가 달랐다. 나는 그 중간 어디쯤에 끼워져 딸깍거리고 있는 존재 같았다. 실은 상민과 그다지 친밀한 사이는 아니라, 상민이 있어도 인애

163

와 더 많은 이야길 나누게 되는 탓도 있었다. 오늘같이 단조로운 상민의 표정에서는 그가 지금 기쁜지, 그렇지 않은지 그런 단순한 감정조차도 읽어낼 수가 없게 되었다.

해가 완전히 모습을 감춘 이후에 눈발이 날리기 시작했다. 점점 서로의 말수가 줄어들 때 즈음 '우리 우산도 없는데 이만 집에 갈까?' 하는 물음에 서로 고개를 끄덕이며 누군가는 지하철로, 누군가는 버스를 타야겠다며 몇 차례 손을 흔들며 헤어졌다. 정류장 앞에 도착해 버스를 기다리는 동안 길가를 지나다니는 사람들을 바라보았다. 갈수록 거세지는 눈발에 이미 우산을 펴고 걷는 사람도 있었다. 겨울은 예상대로 눈과 섞여 내리는 비, 아무도 돌아다니지 않는 골목길, 버스 안의 눅눅한 공기 같은 것들로 이루어져 있었다.

자리를 잡고 앉아 오늘 찍은 사진들을 천천히 넘겨보는데 그러고 보니 좀 전에 함께 거닐었던 한강의 표면은 꽁꽁 얼어 있어서 강물이 흐르는 모습을 볼 수 없었다. 흐르지 않고 멈춰 있는 것을 바라보다 하루가 금세 저물어 갔지만, 푸르고 붉게 지는 해를 보면서 몇 마디를 덧붙이고 싶었다.

매번 느끼는 거지만,

한강 그 언저리를 걷다 보면

방향제로 담아다가 집에 걸어 두고 싶은 냄새가 있다고.

「저마다 다른 모습」

추워서 점점 아파지는 기분이야. 인애가 말했다. 집으로 가기 위해 기다린 지하철이 마침내 도착했지만 퇴근하는 사람들로 가득해 앉을 자리가 없었다. 지하철 문 옆으로 기대어 섰을 때 옆 사람의 눈동자를 통해 창 너머로 비치던 석양을 봤다. 검붉게 물든 눈동자와 평온한 표정을 짓고 있던 한 사람. 검은색 코트에 베이지색 체크 머플러, 한 손에는 작은 책을 들고 있었다. 오늘 처음 보는 이 사람의 하루는 어땠을까. 손에 든 책은 무슨 내용일까. 누구를 생각하고 있을까.

창가 쪽으로 고개를 돌리자 뉘엿뉘엿 기우는 해가 보였고 이따금씩 타인의 평온한 상태에서 얻는 위안이 있다고 생각했다. 잔잔하고 편안한 모습을 보고 있으면 그 마음이 나에게도 옮겨 오는 기분이 든다. 많던 사람들은 어느새 줄어 들어 자리가 생겨났고 차가웠던 몸과 손은 지하철을 타고 가는 동안 조금씩 녹았다. 어떤 이유에서든지 외로웠고, 쓸쓸했지만 이제는 견딜 만하다는 것을 다행으로 여겼다. 어디에 몸을 싣든 나 자신으로 서 있다면 문제될 것은 없다는 이야기다.

「주머니 속 캔 커피」

　따뜻한 말만 골라 듣고 싶은 하루엔 그런 말을 건네주는 이가 없
었다. 나조차 누군가에게 그러지 못하는 사람이라는 사실은 까맣게
잊고서.

「정돈」

차가 밀리기 시작하더니 곧 졸음이 몰려왔다. 창밖으로 시선을 옮기니 붉은빛 노란빛이 도로 위에 줄지어 느릿하게 움직이고 있었다. 버스는 얼마나 느릿하게 움직였을까. 나는 흘러가는 창문 밖을 멀뚱히 바라보다가 낯익은 거리가 나오자 버스에서 내릴 준비를 했다. 매일 지나치는 카페 앞에서 크리스마스 장식이 걸려 있는 것을 발견하곤 잠깐 멈춰 섰다. 그러고 보니 벌써 올해도 얼마 남지 않았구나. 문 닫은 어두운 카페 안에서는 오너먼트들이 작고 선명하게 반짝이고 있었다.

그러니까 날이 이렇게 추워지기 시작하면 내 안에는 이미 많은 기억들이 차올라 있는 상태가 된다. 날씨라든가 누굴 만나 무슨 이야기를 주고 받았었는지, 전부는 아니더라도 겹겹이 차오른다. 무엇이든 계속해서 쌓이기만 한다면 나중엔 폭설이라도 맞은 것처럼 처치하기가 좀 곤란해지는데. 계절이 바뀔 때마다 옷장을 정리하듯이, 기억들도 어딘가에 단정히 접어 정리를 해 두어야 했다. 여름과 가을 사이에 일어났던 일, 그림자처럼 지나간 사람들. 이제는 잘 접어서 보관할 때다.

「여행2」

잠시나마 주어진 휴식에 늘어지게 잠을 잤다. 느긋하게 몸을 움직이고 천천히 걷더라도 아무도 재촉하지 않는 순간들은 차분한 마음을 먹게 했다. 윤이가 잠에서 깨기 전에 일어나 채소를 다듬고 카레를 끓이거나 파스타 면을 삶으며 아침 겸 점심 식사 준비를 했다. 여행하는 동안 잘 수 있는 만큼 자고 숲을 많이 걷고 바다를 많이 보자고 최소한의 계획을 세웠다. 외진 동네라 해가 지면 불빛 한 점 보이지 않아서 밤 산책 같은 건 엄두도 낼 수 없었지만 그것 나름대로 괜찮았다. 숙소 안에서 한가로이 책을 읽거나 귤을 까먹으며 시간을 흘리다 보면 어느새 우리는 읽고 있던 책을 옆에 뒤집어 두고서 곤히 잠이 들었다. 낮이면 밤과는 다르게 창밖으로 커다란 논밭과 하늘이 한눈에 들어오고 볕이 잘 스미는 아름다운 곳이었다.

한동안 숲 속을 거닐고 바닷가 앞에서 머무르며 종종 사진을 남기거나 흐리고 반듯한 지평선 너머를 말없이 바라보았다. 겨울의 바람은 생각만 해도 볼이 얼얼해지는 것이었지만, 햇볕의 입자는 고와서 그간 쌓여 있던 피로를 녹이는 듯했다. 그렇게 하루가 저무는 동안 평소보다 핸드폰 알람이 자주 울렸다. 생일을 축하한다는 메시지였다. 생일이라는 건 서로가 딱히 가깝지도, 멀지도 않은 거리에서 '잘 있니?' 정도의 작은 목소리를 내게 되는 날인지도 모른다. 서로의 소식을 돌아볼 수 있는 날이라도 있어 다행이라며 윤이와 어제 먹다 남은 카레를 밥에 비벼 슥슥 비워 냈다. 테이블 위로 두서없이 시시한 대화나 농담이 오가고 이렇게나 한적하고 좋은 날들은 자주 오지 않으니 아껴 둔 초콜릿을 하나씩 까먹는 심정으로 하루하루를 보냈다.

아낀다고 해서 시간이 느리게 가는 것은 아님을 안다. 그래서 더욱 좋은 순간이 다 지나가고 난 자리를 잘 떠날 줄도 알고, 잘 떠나보낼 줄도 아는 사람이 되고 싶었다. 다음 날 아침 일어나 분리수거를 하고 흐트러진 이불을 정리하고 마지막으로 문을 닫고 나오며 그런 생각을 했다. 윤이는 비행기의 창가 자리에 앉아 몇 마디를 나누다가 눈을 감았다. 그녀의 어깨 너머 좁은 창문으로 촘촘한 빛들이 내다보였고 분주한 도시와 달리 비행기 안에는 거대한 적막이 흐르는 듯했다.

「순간들」


악보로 치자면 도돌이표

한참을 걸어 나와도 똑같은 풍경

이유도 모른 채로 사라지는 것들

별 성과 없이 저무는 하루

습관처럼 열어 본 냉장고

그날 하루 저지른 바보 같은 짓

시들도록 내버려 둔 화분

딱히 미안하지 않아도 할 수 있는 사과

보란 듯이 어긋나는 약속과 사람들

궁금해도 알고 싶지 않은 소식

다림질을 하다가 그을린 셔츠

아무리 설명을 해 보아도 이해 받을 수 없는 일

때때로 잊어버리기도 하는 것

책의 무뎌진 모서리

24시간 불이 꺼지지 않는 커피점

홀로 또는 같이 앉아 있는 사람들

내일은 또 어떨지 모르는 감정

정처 없이 늦어진 것만 같은 기분

체할 것 같이 지나가는 시간

이때다 싶어 엄습하는 불안

일시적인 마음

# 「입춘」

거실에서 흘러나오는 티브이 소리에 오늘이 입춘이라는 사실을 알았다. 청소까지 다 끝내고 열어 두었던 창문을 닫으려다가 바깥 풍경을 꽤 오랫동안 바라보고 있었다. 창문만 닫으면 끝인데, 왠지 겨울이 끝나가는 그 기분이 참 묘하고 씁쓸해서. 어젯밤 내린 눈비 탓에 바닥이 꽁꽁 얼어 있었고, 시간은 그 위로 반지르르 미끄러지고 있었다. 우리 이런 일을 몇 번 겪고 나면 좀 괜찮아질 수 있는 건지. 끝나가는 장면 앞에서 밝게 웃고, 손을 흔들고 헤어짐 속에서도 곤히 잠들 수 있게 되는지. 옷 사이로 스미는 찬 기운에 몸이 오스스 떨려 왔다.

붉게 동이 트는 것을 보아도 좀처럼 확신할 수 없는 오늘과 오늘 이후의 삶이 나의 앞에 놓여 있었다. 지금 내가 믿을 수 있는 것은 단지 작게 들려오는 빗소리, 조금 열어 둔 창문과 옆에서 타고 있는 초의 심지, 곧게 뻗은 두 다리 정도인지도 모르겠다. 언제나처럼 외출을 하고 돌아와 우산을 툭툭 털었는데, 다시 3월이었다.

# 「이사」

주머니 한쪽에 장갑을 쑤셔 넣고 잠시 멈춰 서서 코트 단추를 잠 갔다. 입김은 새삼 새하얗고 출근길부터 내리기 시작한 눈은 오후가 되어서 바닥과 자동차의 창틀에 소복이 쌓여 갔다. 집으로 돌아와서 는 곧장 차가워진 손과 발을 녹였다.

20여 년 동안 머물렀던 집에서 이사를 하게 되었다. 탁상용 달력 에는 이삿날이 동그랗게 표시되어 있었다. 가진 물건의 절반을 내다 버리면서 집 안에 빈 공간은 하나씩 늘어 갔다. 봄이 오면 온통 초록 으로 물들었다가 여름이면 울창한 나무 아래로 커다란 그늘이 지던 곳. 이곳에서의 생활도 며칠 후면 끝이 난다.

가구들의 자리, 몸이 기억하는 습관, 거기서 웃고 울었던 표정들. 아주 사소하고 익숙한 것일수록 더욱 또렷해졌다. 대부분의 사건들 은 선명하다가도 흐릿해지고 어느새 한편으로 저물어 버리기 마련 이지만 적어도 마음이나 감정은 물건 다루듯 하루 이틀 사이에 치워 지는 것이 아니었다. 늘 빠짐없이 챙겨 나왔다고 생각했는데, 얼마 가지 않아 두고 온 게 많다는 사실을 하나둘 알게 된다.

계속해서 비워 내는 일에 몰두했더니 나에게 남는 거라곤 텅 비어
버린 서랍과 책꽂이 그리고 공허한 저녁 시간 정도였다. 몸을 움직
여 저녁을 차리고 따뜻한 밥과 국을 뱃속에 채워 넣었다. 오랜 시간
지내 온 집에서의 마지막 식사였다. 그릇을 한데 모아 설거지를 하
기 시작했을 때 창밖으로는 눈발이 굵어지고 있었다. 앞마당을 내려
다보니 눈을 치운 흔적과 빗자루 하나가 나무 옆에 기대어 있었다.
이렇게 사소한 풍경을 바라보는 일마저 마지막이다.

이삿날, 이른 아침부터 본격적으로 집 안을 비워 냈다. 짐을 다 뺀
후 마지막으로 탁상 위에 놓인 달력을 치웠다. 그리고 새로운 곳에
도착해서는 첫 식사로 오므라이스를 먹었다. 샤워를 하면서 발등에
생긴 상처를 발견했는데 낮에 가구를 옮기는 것을 돕다가 다친 것
같았다. 비눗물이 그 주위를 흐를 때마다 발가락이 움찔댔다. 무거운
살림살이와 각진 가구들을 옮길 때면 어느 한곳에 안착하기란 쉽지
않은 일임을 이렇게 멍이 들도록 깨달았다.

이사를 하면서부터 어떤 습관은 변하고, 어떤 습관은 사라졌다.
어색하고 낯선 문의 손잡이, 옷을 꺼내는 방식, 창문의 위치, 주변을

이루는 풍경들. 크고 작은 부분들이 전부 그랬다. 요리를 하다가 그 릇을 어디에 뒀는지 자꾸 깜박한다거나 물건들이 손에 익지 않아 이 곳저곳을 휘젓고 다니는 생활. 25년 만에 이뤄진 이사는 그런 것이 었다.

어릴 때부터 씨앗을 심고 물을 주고 가꾸었던 우리 화단은 이제 남의 화단이 되었고, 오래도록 살았던 집은 또 다른 누군가의 안식 처가 되었다. 더 이상 우리가 없는 그곳에 다른 사람들이 다른 방식 의 일상을 가꾸어 나가는 걸 상상하기 어려웠다.

이사를 하고 난 후에도 종종 그 집 앞을 지나가며 대문 앞을 기웃 거린 적이 있다. 늦은 시간에도 거실 창 너머로 새어 나오는 밝은 빛 은 이삿날 미처 들고 오지 못한 마당의 식물들을 넌지시 비추었다. 나는 한동안 그 모습을 보며 멈춰 있었다. 어느 하나에 골몰하다 보 면 그 다음 장면엔 무엇이 있을지, 어디로 발걸음을 옮겨야 하는지 생각하는 일에 소홀해지곤 했다.

문득 정말로 멀리 간 기분이 들었다. 버리고 다시 채우는 일에 익 숙해지기까지 너무나도 많은 시간을 할애한 것만 같았다. 안락한 장소를 비워 내고 사랑하는 이들과 몇 번이고 헤어지는 과정을 겪어 내면서 언젠가는 이런 일에 태연한 표정을 지어 보일 수 있을 거라고 여겼다. 하지만 결국 나는 나일 뿐이라 끝내 태연한 표정을 지어 보이지 못할 것이다.

이사를 하고 시간은 얼마나 지나갔는지, 나는 또 이곳에 얼마나 익숙한 사람이 되었는지 생각하는 사이, 또 한 해가 시작되었다. 오전에는 새로운 달력을 펼쳐 걸었다. '새로운', '시작' 이러한 단어들은 아직까지도 어색하기만 하다. 윤이를 만나러 가는 길에 핫팩과 체크카드를 같은 주머니에 넣어 카드가 그만 한편으로 휘어 버렸고, 나는 이렇게 해마다 똑같은 실수를 저지르고 있을 뿐이다.

내가 놓친 게 있다면   초판1쇄 발행일 2018년 10월 15일
초판2쇄 발행일 2024년 2월 25일

글·사진      지혜
펴낸곳      atnoon books
펴낸이      방준배
편집        정미진
디자인      권으뜸
교정        엄재은
등록        2013년 08월 27일 제 2013-000257호
주소        서울시 마포구 연남로 30

홈페이지    www.atnoonbooks.net
페이스북    atnoonbooks
인스타그램  atnoonbooks
연락처      atnoonbooks@naver.com
FAX        0303-3440-8215

ISBN 979-11-88594-06-1 03810
이 도서의 국립중앙도서관 출판시도서목록(CIP)은
서지정보유통지원시스템 홈페이지(http://seoji.nl.go.kr)와
국가자료공동목록시스템(http://www.nl.go.kr/kolisnet)에서
이용하실 수 있습니다.(CIP제어번호: CIP2018031095)

정가 13800원